COMPTINES POUR COMPTER

Du même auteur

Outre les titres parus chez Actes Sud Junior

101 Poésies et Comptines
BAYARD

en CD et cassette
Contemimes
101 Poésies et Comptines
AUVIDIS

Du même illustrateur

La Maison des trains
Entre ciel et jardin
IPOMÉE - ALBIN MICHEL

Comptines pour le temps de Noël
Comptines pour mes jouets préférés
La Ronde des familles
Frédéric et Frédérique
Alexandre et Alexandra
Julien et Julie
Paul et Pauline
ACTES SUD JUNIOR

ISBN 2-7427-1398-0

Loi 49-956 du 16 juillet 1949
sur les publications destinées à la jeunesse

Les Petits Bonheurs

CORINNE ALBAUT

COMPTINES POUR COMPTER

Illustrées par
MICHEL BOUCHER

ACTES SUD JUNIOR

Pour Charles et Maxence

Le zéro

Un zéro, c'est rien du tout.
Ça ne vaut pas un clou.
Beaucoup de zéros bout à bout,
Ça peut faire des millions,
À la seule condition
Que devant la farandole
Des zéros qui caracolent,
Un chiffre mène la danse.
Les zéros prennent alors
de l'importance.

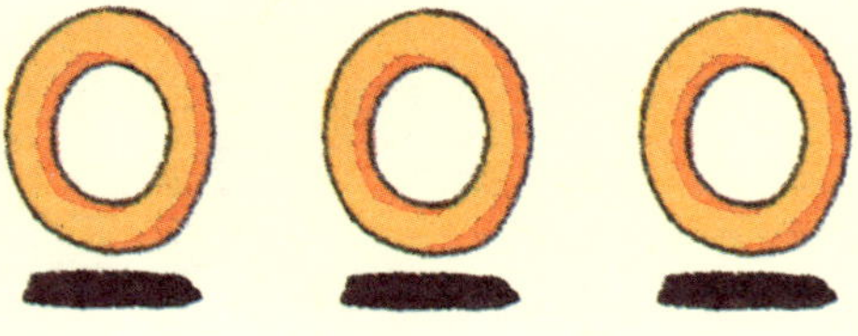

5000000

1

Un

Un as
Sur une face
D'une carte à jouer.
Un as
En face
De rois, de dames et de valets.
Un as
De pique,
De carreau, de trèfle ou de cœur.
Un as
Unique
Est toujours le vainqueur.

Deux bons pieds

Deux pieds,
Dans deux chaussettes,
Deux lacets
Sur deux baskets.
Deux pieds
Pour marcher, pour danser
Et faire la fête.
Deux pieds fatigués
Vont se cacher
Sous la couette.

2

Trois petits cochons

Trois petits cochons
Contre un méchant loup.
Trois petites maisons
Contre un loup casse-cou.
Un, deux, trois, le loup passa
Par la cheminée.
Trois cochons futés
Le firent griller.

Quatre feuilles de bonheur

Sous un chèvrefeuille,
Un trèfle à quatre feuilles
M'a fait un clin d'œil.
Je l'ai cueilli,
Je l'ai séché
Entre les pages d'un cahier.
Maintenant j'attends,
Très impatiemment,
Le bonheur promis.

5

Cinq continents

Cinq continents
Font la ronde
Autour du monde,
Avec les océans.
L'Europe et l'Afrique,
L'Afrique et l'Amérique,
L'Amérique et l'Asie,
L'Asie et l'Océanie.
Le monde est immense et si petit
Au milieu de l'infini.

6

Six côtés pour jouer

Tu veux compter
Combien de faces a le dé ?
Un, deux, trois, quatre, cinq, six.
Et compter combien de points par côté ?
Un, deux, trois, quatre, cinq ou six.
Lance le dé.
Qu'as-tu tiré ?
Le six ! Bravo,
Tu as gagné.

Sept jours sur sept

Sept jours, dans la semaine,
Pour porter tout ce que j'aime.
Lundi, mon T-shirt canari,
Mardi, mon pull gris souris,
Mercredi, mon short kaki,
Jeudi, mon bermuda fleuri,
Vendredi, ma chemise bleu nuit,
Samedi, mon polo cramoisi,
Dimanche, ma casquette blanche.
Chic, des pieds à la tête,
Sept jours sur sept.

LUNDI
MARDI
2
JEUDI
3
VENDREDI
SAMEDI
DIMANCHE
7

Huit pattes habiles

Huit pattes fines gigotent,
Gesticulent et tricotent
Une toile de dentelle.
Huit pattes fines saisissent
Une mouche et tissent
Un cocon autour d'elle.
Les huit pattes agiles
De l'araignée habile
Jamais ne s'emmêlent.

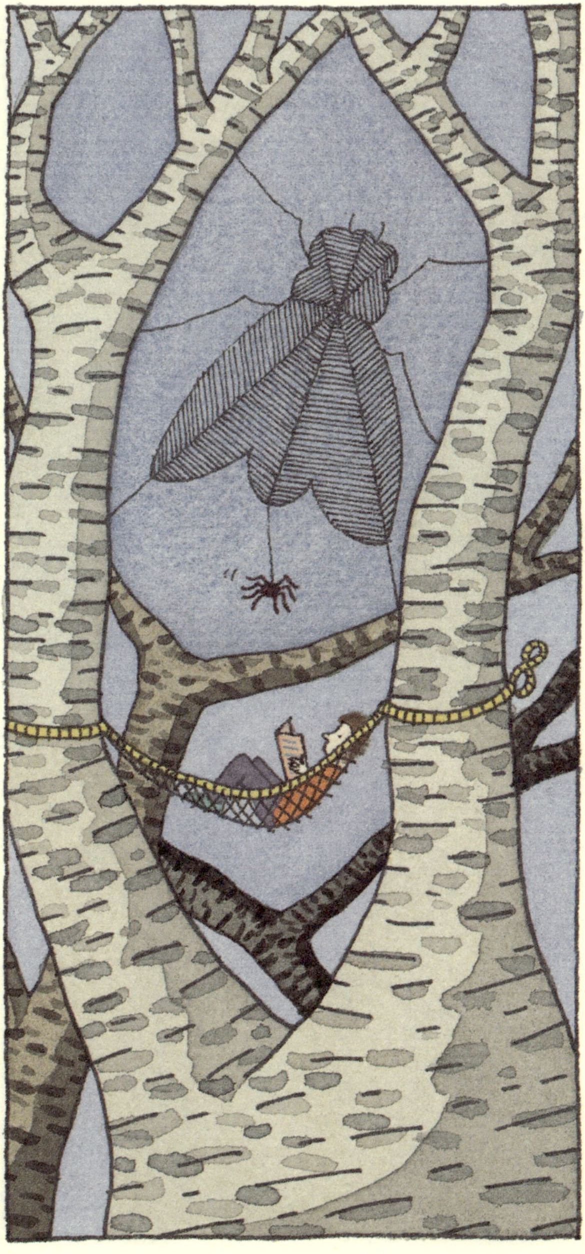

Neuf rondes

Neuf planètes font la ronde
Autour du soleil.
Cela fait beaucoup de mondes,
Mais le soleil veille.
Aucune n'aurait l'audace
De passer son tour,
Chacune tourne à sa place,
Et depuis toujours.

Dix doigts agiles

Dix petits doigts se courent après
Sur le clavier du piano,
Ré mi fa sol la si do ré,
En gardant le tempo.
Comment avec deux menottes
Et seulement dix doigts
Peut-on jouer autant de notes
À la fois !

10

11

Onze joueurs et un ballon

Un coup de sifflet.
Onze joueurs de foot
Se ruent vers un ballon.
Soudain, vingt-deux pieds
S'agitent sur le pré
Et courent vers le filet.
L'un d'entre eux fait un bond,
Prend son élan et shoote.
But ! Zut ! Raté !
Tout est à recommencer.

Les douze coups

Les douze coups de midi
Sonnent l'heure du déjeuner.
À table, bon appétit !
Les douze coups de minuit
Disent qu'il est l'heure de rêver.
Bonne nuit les petits.

Toute la famille

On n'a qu'un papa et une maman,
On a souvent quatre grands-parents,
Parfois un frère ou une sœur,
Ou même plusieurs,
Et quelquefois plein
De cousines et de cousins.

Un, deux, trois, soleil !

Un, deux, trois, soleil
À Marseille.
Quatre, cinq, six, étoile,
À Montréal.
Sept, huit, neuf, la lune,
À Pampelune.
Dix, onze, douze, tu as gagné,
Où veux-tu aller ?

Combien de dents ?

Vingt dents
Pour les enfants,
Trente-deux dents
Pour les grands.
Chaque fois que je perdrai
Une dent de lait,
La petite souris
La prendra dans la nuit,
Mais mes trente-deux dents
De grand,
Je les garderai
Toute ma vie.

31

Sur son trente et un

Le cortège du mariage
Traverse le village.
Les messieurs en chemises de soie,
Les dames et leurs chapeaux ronds,
Les filles en robes à pois,
Les garçons et leurs nœuds papillons,
Chacun est sur son trente et un
Pour ce beau mariage de juin.

Trente-trois

Pourquoi, chez le médecin,
Faut-il toujours dire trente-trois ?
Est-ce qu'il entendrait moins bien
Si je disais trente et un ?
Laisse-moi écouter, Docteur,
Que j'entende battre mon cœur
Et ce qui se passe en moi
Quand je dis trente-trois.

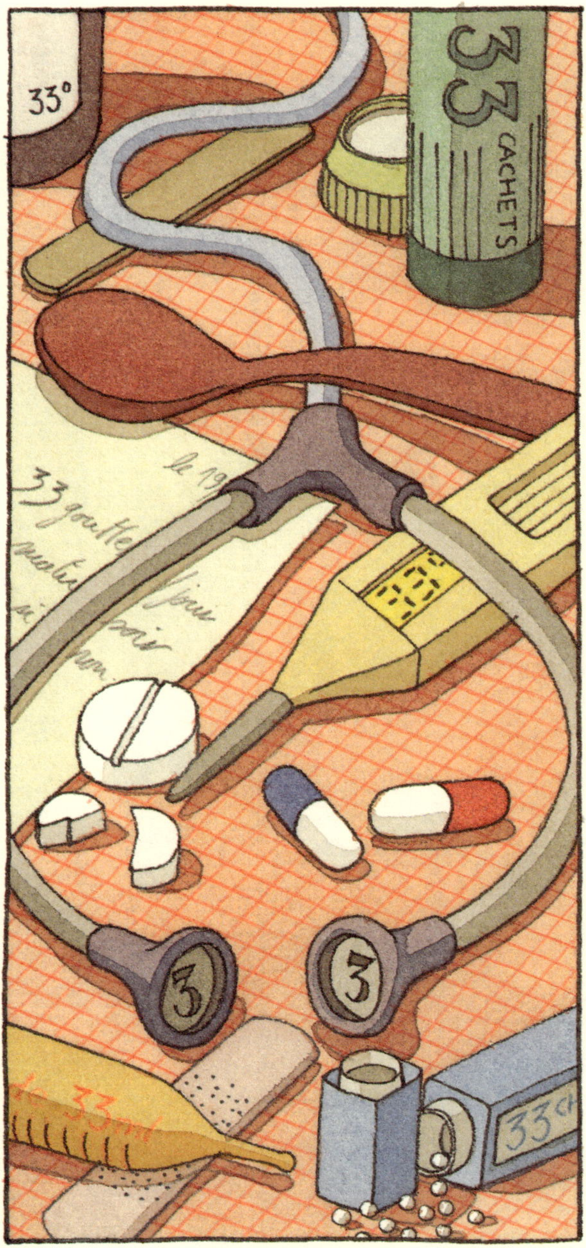
33°
33
CACHETS
3
3

40

Ali Baba
et les quarante voleurs

En ce temps-là,
Ali Baba
Prononça les mots magiques :
"Sésame, ouvre-toi !"
Et le trésor fantastique
Caché derrière la paroi
Resplendit de mille lueurs.
Mais les quarante voleurs
Veillaient sur leur butin.
Quarante voleurs, ce n'était pas rien,
Contre un seul Ali Baba,
Ce fut pourtant lui qui gagna.

Cent ans de sommeil

Sais-tu pendant combien de temps
Dormit la Belle au Bois dormant ?
Un an, deux ans, cinq ans, dix ans ?
Non, elle dormit pendant cent ans !
Dans les contes de fées,
C'est ainsi.
Dans la réalité,
On ne dort que la nuit.

100

Plus ou moins

Des sucreries et des douceurs,
J'en voudrais plus plus plus.
De la salade et du chou-fleur,
J'en voudrais moins moins moins.
Des bonbons, des goûters en barres,
J'en voudrais plus plus plus.
Des carottes et des épinards,
J'en voudrais moins moins moins.
On m'appelle "Mademoiselle plus",
Quand j'aime beaucoup,
On m'appelle "Mademoiselle moins",
Quand je n'aime pas du tout.

Une part de quatre-quarts

Œufs, sucre, beurre et farine,
Mélangés dans une terrine,
Cuits dans un four bien chaud,
Juste le temps qu'il faut
Pour gonfler
Et dorer.
Voici un quatre-quarts.
Qui en veut une part ?

4
2
3
1
5

Les roues tournent

Qu'est-ce qui n'a qu'une roue ?
La brouette
Remplie de fleurettes.

Qu'est-ce qui a deux roues ?
La bicyclette
Avec sa sonnette.

Qu'est-ce qui a trois roues ?
Le tricycle
Au jardin public.

Qu'est-ce qui a quatre roues ?
La voiture
Qui file à toute allure.

Qu'est-ce qui a cinq roues ?
Le carrosse de la fée Carabosse,
Mais tout le monde sait bien
Que la cinquième ne sert à rien.

Les millefeuilles

Sais-tu ce que les gens préfèrent,
Un délicieux millefeuilles,
Un livre de mille feuilles
Ou un arbre à mille feuilles ?

Le gâteau, dit la pâtissière.
Le livre, répond le libraire.
L'arbre, choisit le grand-père.

2000

L'an 2000

Quand on sera pile
En l'an 2000,
Ça fera donc deux mille ans
Qu'on compte le temps.
Comment faisait-on avant ?

Combien ?

Combien le sable a-t-il de grains ?
On n'en sait rien.
Combien y a-t-il d'étoiles dans le ciel ?
Des ribambelles.
Mais il y a une seule Terre
Dans l'univers,
Pour quinze millions de chats et de chiens,
Et cinq milliards d'êtres humains !

5.000.000.000

5

Cache-cache images

Clin d'œil de l'illustrateur,
Des chiffres et des nombres
Sont allés se cacher
Dans les grandes images.
À toi de les retrouver.

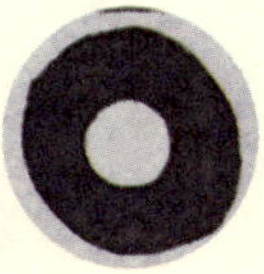

33°
31
32
2000
6
12
11
DIMANCH.
7

Table des comptines

Conception graphique,
direction artistique et réalisation :
Repères Communication.

Reproduit et achevé d'imprimer
en juillet 1997
par l'imprimerie Clerc
à Saint-Amand-Montrond
sur papier des
Papeteries de Jeand'heurs
pour le compte des éditions
ACTES SUD
Le Méjan
Place Nina-Berberova
13200 Arles.

Dépôt légal
1re édition : septembre 1997
N° impr.
(Imprimé en France)